徐廷柱
詩選

＊ 이 도서의 국립중앙도서관 출판예정도서목록(CIP)은 서지정보유통지원시스템 홈페이지(http://seoji.nl.go.kr)와 국가자료공동목록시스템(http://www.nl.go.kr/kolisnet)에서 이용하실 수 있습니다. (CIP제어번호: CIP2018017361)

서정주 시집

서정주시선

은행나무

차례

시인의 말 11

해방 후 시편 2
—시집 『귀촉도』
이후

무등을 보며 15

학 17

국화 옆에서 19

아지랑이 20

신록 22

추천사鞦韆詞 24

다시 밝은 날에 26

춘향유문春香遺文 28

나의 시 29

풀리는 한강가에서 30

내리는 눈발 속에서는 32

광화문 34

입춘 가까운 날 36

2월 37

꽃 피는 것 기특해라   38

무제(오늘 제일 기쁜 것은⋯)   39

기도 1   40

기도 2   41

상리과원上里果園   42

산하일지초山下日誌抄   44

해방 후 시편 1　　밀어密語   49

─시집『귀촉도』　　견우의 노래   50

수록분　　무제(여기는 어쩌면⋯)   52

목화   53

푸르른 날   54

골목   55

석굴암 관세음의 노래   56

해방 전 시편 1

─시집『화사집』

수록분

화사花蛇   61

대낮   63

문둥이   64

맥하麥夏   65

입맞춤   66

수대동水帶洞 시   67

바다   69

정오의 언덕에서   71

고을나高乙那의 딸   72

봄   73

서풍부西風賦   74

부활   75

해방 전 시편 2   귀촉도歸蜀途   79

─시집『귀촉도』   만주에서   80

수록분   멈둘레꽃   81

                         소곡小曲   82

                         행진곡   83

                         거북이에게   84

                         꽃   86

일러두기

1 이 시집은 『서정주시선』(정음사, 1956)을 저본으로 삼았다.

2 원본 시집의 형식을 살리되, 체제 및 표기는 『미당 서정주 전집』(은행나무, 2015)을 따랐다.

3 시집 원주原註 외의 주들은 편집자주라고 밝혔다.

4 단행본과 잡지 제목은 『 』, 시와 소설은 「 」, 노래, 그림, 연극 등은 〈 〉로 표기하였으며, 신문명은 부호를 넣지 않았다.

서정주
시선

* 편집자주─원본 시집 체제에 따랐으나, '해방 전 시편 1─시집 『화사집』 수록
분'에 속해 있던 「귀촉도」의 순서를 바로잡아 '해방 전 시편 2─시집 『귀촉도』 수
록분'으로 이동했다.

시인의 말

  여기 전저前著『화사집』『귀촉도』에서 선한 것 26편과『귀촉도』이후의 작품 20편을 합해서『서정주시선』이라 이름했다. 이렇게 추려 놓았어도 무엇이 많이 모자라는 것 같아, 그저 마음이 후련찮을 따름이다.
  살아 있는 동안 계속해 애써 보겠다.

1956년 11월 2일

해방 후 시편 2
ー시집 『귀촉도』 이후

무등을 보며

가난이야 한낱 남루에 지내지 않는다
저 눈부신 햇빛 속에
갈매빛 등성이를 드러내고 서 있는
여름 산 같은
우리들의 타고난 살결,
타고난 마음씨까지야 다 가릴 수 있으랴

청산이 그 무릎 아래 지란芝蘭을 기르듯
우리는 우리 새끼들을 기를 수밖엔 없다

목숨이 가다 가다 농울쳐 휘여드는
오후의 때가 오거든
내외들이여 그대들도
더러는 앉고
더러는 차라리 그 곁에 누어라

지어미는 지아비를 물끄럼히 우러러보고
지아비는 지어미의 이마라도 짚어라

어느 가시덤풀 쑥굴형에 뇌일지라도

우리는 늘 옥돌같이

호젓이 묻혔다고 생각할 일이요

청태靑苔라도 자욱이 끼일 일인 것이다

* 무등無等 : 호남 광주의 산 이름.
* 편집자주―1연(4행→6행), 5연(3행→4행)의 행을 조정하고 '갈매빛의 등성이'에서 '의'를 삭제했다(『서정주육필시선』, 1975).

학

천년 맺힌 시름을
출렁이는 물살도 없이
고은 강물이 흐르듯
학이 날은다

천년을 보던 눈이
천년을 파다거리던 날개가
또 한번 천애天涯에 맞부딪노나

산 덩어리 같어야 할 분노가
초목도 울려야 할 서름이
저리도 조용히 흐르는구나

보라, 옥빛, 꼭두서니,
보라, 옥빛, 꼭두서니,
누이의 수틀을 보듯
세상은 보자

누이의 어깨 너머

누이의 수틀 속의 꽃밭을 보듯
세상은 보자

울음은 해일
아니면 크나큰 제사와 같이

춤이야 어느 땐들 골라 못 추랴
멍멍히 잦은 목을 제 쭉지에 묻을 바에야
춤이야 어느 술참 땐들 골라 못 추랴

긴모리 자진모리 일렁이는 구름 속을
저, 울음으로도 춤으로도 참음으로도 다하지 못한 것이
어루만지듯 어루만지듯
저승 곁을 날은다

국화 옆에서

한 송이의 국화꽃을 피우기 위해
봄부터 솥작새는
그렇게 울었나 보다

한 송이의 국화꽃을 피우기 위해
천둥은 먹구름 속에서
또 그렇게 울었나 보다

그립고 아쉬움에 가슴 조이든
머언 먼 젊음의 뒤안길에서
인제는 돌아와 거울 앞에 선
내 누님같이 생긴 꽃이여

노오란 네 꽃잎이 필라고
간밤엔 무서리가 저리 내리고
내게는 잠도 오지 않았나 보다

아지랑이

아지랑이가 피어오른다
섧고도 어지러운 사랑의 모습처럼
녀릿녀릿 흔들리며 피어오른다

공덕동에 피어오르는 아지랑이는
공덕동에 사는 이의 사랑의 모습.
만리동에 피어오르는 아지랑이는
만리동에 사는 이의 사랑의 모습.

순이네가 사는 집 지붕 우에선
순이네 아지랑이 피어오르고
복동이가 사는 집 지붕 우에선
복동이네 아지랑이 피어오르고

누이야 네 수놓는 방에서는
네 수놓는 아지랑이,
네 두 눈에 맑은 눈물방울이 고이면
맑은 눈물방울이 고이는 아지랑이 피어오르고

'그립다' 생각하면
'그립다' 생각하는 아지랑이,
'아!' 하고 또 속으로 소리치면
'아!' 하고 또 속으로 소리치는 아지랑이,

아지랑이가 피어오른다
섧고도 어지러운 사랑의 모습처럼
녀릿녀릿 흔들리며 피어오른다

신록

어이할꺼나
아— 나는 사랑을 가졌어라
남 몰래 혼자서 사랑을 가졌어라!

천지엔 이제 꽃잎이 지고
새로운 녹음이 다시 돋아나
또 한번 나—ㄹ 에워싸는데

못 견디게 서러운 몸짓을 허며
붉은 꽃잎은 떨어져 나려
펄펄펄 펄펄펄 떨어져 나려

신라 가시내의 숨결과 같은
신라 가시내의 머리털 같은
풀밭에 바람 속에 떨어져 나려

올해도 내 앞에 흩날리는데
부르르 떨며 흩날리는데……

아— 나는 사랑을 가졌어라

꾀꼬리처럼 울지도 못할

기찬 사랑을 혼자서 가졌어라!

추천사鞦韆詞
―춘향의 말 1

향단아 그넷줄을 밀어라
머언 바다로
배를 내어밀듯이,
향단아.

이 다수굿이 흔들리는 수양버들 나무와
벼갯모에 뇌이듯한 풀꽃데미로부터,
자잘한 나비 새끼 꾀꼬리들로부터
아조 내어밀듯이, 향단아.

산호도 섬도 없는 저 하눌로
나를 밀어 올려다오
채색한 구름같이 나를 밀어 올려다오
이 울렁이는 가슴을 밀어 올려다오!

서으로 가는 달같이는
나는 아무래도 갈 수가 없다.

바람이 파도를 밀어 올리듯이

그렇게 나를 밀어 올려다오
향단아.

다시 밝은 날에
─춘향의 말 2

신령님……

처음 내 마음은

수천만 마리

노고지리 우는 날의 아지랑이 같었습니다

번쩍이는 비눌을 단 고기들이 헤엄치는

초록의 강 물결

어우러져 날으는 애기 구름 같었습니다

신령님……

그러나 그의 모습으로 어느 날 당신이 내게 오셨을 때

나는 미친 회오리바람이 되였습니다

쏟아져 내리는 벼랑의 폭포

쏟아져 내리는 쏘내기비가 되였습니다

그러나 신령님……

바닷물이 적은 여울을 마시듯이
당신은 다시 그를 데려가고
그 휑-ㄴ한 내 마음에
마지막 타는 저녁 노을을 두셨습니다
그러고는 또 기인 밤을 두셨습니다

신령님……

그리하여 또 한번 내 위에 밝는 날
이제
산골에 피어나는 도라지꽃 같은
내 마음의 빛갈은 당신의 사랑입니다

춘향유문 春香遺文
—춘향의 말 3

안녕히 계세요
도련님

지난 오월 단옷날, 처음 맞나든 날
우리 둘이서 그늘 밑에 서 있든
그 무성하고 푸르든 나무같이
늘 안녕히 안녕히 계세요

저승이 어딘지는 똑똑히 모르지만
춘향의 사랑보단 오히려 더 먼
딴 나라는 아마 아닐 것입니다

천 길 땅 밑을 검은 물로 흐르거나
도솔천의 하늘을 구름으로 날드래도
그건 결국 도련님 곁 아니예요?

더구나 그 구름이 쏘내기 되야 퍼부을 때
춘향은 틀림없이 거기 있을 거예요!

* 도솔천 : 불교의 욕계 6천의 제4천.

나의 시

어느 해 봄이던가, 머언 옛날입니다.

나는 어느 친척의 부인을 모시고 성城 안 동백꽃나무 그늘에 와 있었습니다.

부인은 그 호화로운 꽃들을 피운 하늘의 부분이 어딘가를 아시기나 하는 듯이 앉어 계시고, 나는 풀밭 위에 흥근한 낙화가 안씨러워 줏어 모아서는 부인의 펼쳐든 치마폭에 갖다 놓았습니다.

쉬임 없이 그 짓을 되풀이하였습니다.

그 뒤 나는 연년年年히 서정시를 썼습니다만 그것은 모두가 그때 그 꽃들을 줏어다가 디리던― 그 마음과 별로 다름이 없었습니다.

그러나 인제 웬일인지 나는 이것을 받어 줄 이가 땅 위엔 아무도 없음을 봅니다.

내가 줏어 모은 꽃들은 제절로 내 손에서 땅 위에 떨어져 구을르고

또 그런 마음으로밖에는 나는 내 시를 쓸 수가 없습니다.

풀리는 한강가에서

강물이 풀리다니
강물은 무엇하러 또 풀리는가
우리들의 무슨 서름 무슨 기쁨 때문에
강물은 또 풀리는가

기러기같이
서리 묻은 섣달의 기러기같이
하늘의 어름짱 가슴으로 깨치며
내 한평생을 울고 가려 했더니

무어라 강물은 다시 풀리어
이 햇빛 이 물결을 내게 주는가

저 멈둘레나 쑥니풀 같은 것들
또 한번 고개 숙여 보라 함인가

황토 언덕
꽃상여
떼과부의 무리들

여기 서서 또 한번 더 바래보라 함인가

강물이 풀리다니
강물은 무엇하러 또 풀리는가
우리들의 무슨 서름 무슨 기쁨 때문에
강물은 또 풀리는가

내리는 눈발 속에서는

괜, 찬, 타, ……
괜, 찬, 타, ……
괜, 찬, 타, ……
괜, 찬, 타, ……
수부룩이 내려오는 눈발 속에서는
까투리 매추래기 새끼들도 깃들이어 오는 소리. ……

괜찬타, ……괜찬타, ……괜찬타, ……괜찬타, ……
폭으은히 내려오는 눈발 속에서는
낯이 붉은 처녀 아이들도 깃들이어 오는 소리. ……

울고
웃고
수구리고
새파라니 얼어서
운명들이 모두 다 안끼어 드는 소리. ……

큰놈에겐 큰 눈물 자죽, 작은놈에겐 작은 웃음 흔적,
큰 이얘기 작은 이얘기들이 오부록이 도란그리며 안끼어 오는 소리. ……

  괜찬타, ……
  괜찬타, ……
  괜찬타, ……
  괜찬타, ……

끊임없이 내리는 눈발 속에서는
산도 산도 청산도 안끼어 드는 소리. ……

광화문

북악과 삼각이 형과 그 누이처럼 서 있는 것을 보고 가다가
   형의 어깨 뒤에 얼골을 들고 있는 누이처럼 서 있는 것
을 보고 가다가
   어느새인지 광화문 앞에 다다렀다.

광화문은
차라리 한 채의 소슬한 종교.
조선 사람은 흔히 그 머리로부터 왼몸에 사무쳐 오는 빛을
마침내 보선코에서까지도 떠받들어야 할 마련이지만,
왼 하늘에 넘쳐흐르는 푸른 광명을
광화문 ─저같이 으젓이 그 날개쭉지 위에 실고 있는 자
도 드물라.

상하 양층의 지붕 위에
그득히 그득히 고이는 하늘.
위층엣것은 드디어 치─ㄹ 치─ㄹ 넘쳐라도 흐르지만,
지붕과 지붕 사이에는 신방新房 같은 다락이 있어
아래층엣것은 그리로 왼통 넘나들 마련이다.

옥같이 고으신 이
그 다락에 하늘 모아
사시라 함이렷다.

고개 숙여 성 옆을 더듬어 가면
시정市井의 노랫소리도 오히려 태고 같고

문득 치켜든 머리 위에선
파르르 낮달도 떨며 흐른다.

* 편집자주—마지막 행은 『서정주문학전집』(일지사, 1972) 표기를 따랐다.
『현대문학』(1955. 8)에는 '낮달도 파르르 떨고 흐른다', 『서정주시선』(정음사,
1956)에는 '파르르 쭉지치는 내 마음의 메아리'로 되어 있다.

입춘 가까운 날

솔나무는 오히려 너같이 젊고
스무 날쯤 있으면 매화도 핀다.
천년 묵은 고목나무 늙은 흙 우엔
난초도 밋밋이 살아 나간다.

2월

2월 새 하눌일래 대수풀은 빛나네.
햇빛에 도란도란 도란그리며
햇빛에 나즉히 노래 불러 올리는
아릿답고 향기론 처녀들이 크나니.

꽃 피는 것 기특해라

봄이 와 햇빛 속에 꽃 피는 것 기특해라.
꽃나무에 붉고 흰 꽃 피는 것 기특해라.
눈에 삼삼 어리어 물가으로 가면은
가슴에도 수부룩히 드리우노니
봄날에 꽃 피는 것 기특하여라.

무제無題

　오늘 제일 기쁜 것은 고목나무에 푸르므레 봄빛이 드는 거와, 걸어가는 발뿌리에 풀잎사귀들이 희한하게도 돋아나오는 일이다. 또 두어 살쯤 되는 어린것들이 서투른 말을 배우고 이쿠는 것과, 성화聖畵의 애기들과 같은 그런 눈으로 우리들을 빤이 쳐다보는 일이다. 무심코 우리들을 쳐다보는 일이다.

기도 1

　저는 시방 꼭 텡 비인 항아리 같기도 하고, 또 텡 비인 들녘 같기도 하옵니다. 하눌이여 한동안 더 모진 광풍을 제 안에 두시던지, 날으는 몇 마리의 나비를 두시던지, 반쯤 물이 담긴 도가니와 같이 하시던지 마음대로 하소서. 시방 제 속은 꼭 많은 꽃과 향기들이 담겼다가 비여진 항아리와 같습니다.

기도 2

지낸밤 꿈에 나는 어느 산의 낭떠러지 아래 못물가에서 낯모르는 소년과 함께 바윗돌을 깔고 앉아 있었습니다. 못물가엔 한 그루의 감나무가 있어, 그 반쯤 붉은 뜨런 열매들을 물 우에 기울이고 있었습니다.

하눌이여 내 꿈과 생시는 늘 이와 같이 있게 하소서.

상리과원上里果園

꽃밭은 그 향기만으로 볼진대 한강수나 낙동강 상류와도 같은 륭륭隆隆한 흐름이다. 그러나 그 낱낱의 얼골들로 볼진대 우리 조카딸년들이나 그 조카딸년들의 친구들의 웃음판과도 같은 굉장히 질거운 웃음판이다.

세상에 이렇게도 타고난 기쁨을 찬란히 터트리는 몸뚱아리들이 또 어디 있는가. 더구나 서양에서 건네온 배나무의 어떤 것들은 머리나 가슴패기뿐만이 아니라 배와 허리와 다리 발꿈치에까지도 이뿐 꽃숭어리들을 달았다. 맵새, 참새, 때까치, 꾀꼬리, 꾀꼬리 새끼들이 조석으로 이 많은 기쁨을 대신 읊조리고, 수십만 마리의 꿀벌들이 왼종일 북 치고 소구 치고 마짓굿 올리는 소리를 허고, 그래도 모자라는 놈은 더러 그 속에 묻혀 자기도 하는 것은 참으로 당연한 일이다.

우리가 이것들을 사랑할려면 어떻게 했으면 좋겠는가. 묻혀서 누어 있는 못물과 같이 저 아래 저것들을 비춰고 누어서, 때로 가냘푸게도 떨어져 내리는 저 어린것들의 꽃잎사귀들을 우리 몸 우에 받어라도 볼 것인가. 아니면 머언 산들과 나란히 마조 서서, 이것들의 아침의 유두분면油頭粉面과, 한낮의 춤과, 황혼의 어둠 속에 이것들이 찾아들어 돌아오는― 아스라한 침잠이나 지킬 것인가.

하여간 이 한나도 서러울 것이 없는 것들 옆에서, 또 이것들을 서러워하는 미물 하나도 없는 곳에서, 우리는 서뿔리 우리 어린것들에게 서름 같은 걸 가르치지 말 일이다. 저것들을 축복하는 때까치의 어느 것, 비비새의 어느 것, 벌 나비의 어느 것, 또는 저것들의 꽃봉오리와 꽃숭어리의 어느 것에 대체 우리가 항용 나즉히 서로 주고받는 슬픔이란 것이 깃들이어 있단 말인가.

이것들의 초밤에의 완전 귀소가 끝난 뒤, 어둠이 우리와 우리 어린것들과 산과 냇물을 까마득히 덮을 때가 되거던, 우리는 차라리 우리 어린것들에게 제일 가까운 곳의 별을 가르쳐 뵈일 일이요, 제일 오래인 종소리를 들릴 일이다.

산하일지초 山下日誌抄

어느 날 아침

나는 문득 눈을 들어 우리 늙은 산둘레들을 다시 한번 바라보았다. 역시 꺼칫꺼칫하고 멍청한 것이 잊은 듯이 앉아 있을 따름으로, 다만 하늘의 구름이 거기에도 몰려와서 몸을 대고 지내가긴 했지만, 무엇 때문에 그 밉상인 것을 그렇게까지 가까이하는지 여전히 알 길이 없었다.

허나 이튿날도 그 다음 날도 또 그 다음 날도 이것들이 되풀이해서 사귀는 모양을 보고 있는 동안 그것이 무엇이라는 걸 알기는 알았다.

그것은 우리 한 쌍의 젊은 남녀가 서로 뺨을 마조 부비고 머리털을 매만지고 하는 바로 그것과 같은 것으로서, 이 짓거리는 아마 몇십만 년도 더 계속되어 왔으리라는 것이다. 이미 모든 땅 우의 더러운 싸움의 찌꺼기들을 맑힐 대로 맑히여 날아올라서, 인제는 오직 한 빛 옥색의 터전을 영원히 흐를 뿐인― 저 한정 없는 그리움의 몸짓과 같은 것들은, 저 산이 젊었을 때부터도 한결같이 저렇게만 어루만지고 있었으리라는 것이다.

그러자 나는 바로 그날 밤, 그 산이 랑랑한 창으로 노래하는 소리를 들었다. 천길 바닷물 속에나 가라앉은 듯한 멍멍한 어둠 속에서 그 산이 노래하는 것을 분명히 들었다.

삼경이나 되였을까. 그것은 마치 시집와서 스무 날쯤 되는 신부가 처음으로 목청이 열려서 혼자 나즉히 불러 보는 노래와도 흡사하였다. 그러헌 노래에서는 먼 처녀 시절에 본 꽃밭들이 뵈이기도 하고, 그런 내음새가 나기도 하는 것이다. ─그런 꽃들, 아니 그 뿌리까지를 불러일으키려는 듯한 나즉하고도 깊은 음성으로 산은 노래를 불렀다.

안 잊는다는 것이 이렇게 오래도 있을 수 있는 일일까. 녹의홍상으로 시집온 채 한 삼십 년쯤을 혼자 고스란이 수절한 신부의 이얘기는 이 나라에도 더러 있긴 있다. 허나 산이 처음 와서 그 자리에 뇌인 것은 그게 그 언제 적 일인가.

수백 왕조의 몰락을 겪고도 오히려 늙지 않는 저 물같이 맑은 소리─ 저런 소리는 정말로 산마닥 아직도 오히려 살아 있는 것일까.

이튿날.
밝은 날빛 속에서 오랫동안 내 눈을 이끌게 한 것은, 필연코 무슨 사연이 깃들인 듯한─ 그곳 녹음이었다. 뜯기어 드

45

문드문한 대로나마 그 속에선 무엇들이 새파랗게 어리어 소근거리고 있는 듯하더니, 문득, 한크낙한 향기의 가르마와 같이 그것을 가르고, 한 소슬한 젊은이를 실은 금빛 그네를 나를 향해 내어밀었다. 마치 산 바로 그 자기 아니면 그 아들딸이나 들날리는 것처럼……

해방 후 시편 1

—시집 『귀촉도』 수록분

밀어密語

순이야. 영이야. 또 돌아간 남아.

굳이 잠긴 잿빛의 문을 열고 나와서
하눌가에 머무른 꽃봉오릴 보아라.

한없는 누예실의 올과 날로 짜 늘인
채일을 두른 듯 아늑한 하눌가에
뺨 부비며 열려 있는 꽃봉오릴 보아라.

순이야. 영이야. 또 돌아간 남아.

저,
가슴같이 따뜻한 삼월의 하눌가에
인제 새로 숨 쉬는 꽃봉오릴 보아라

* 편집자주—마지막 행 '새로'는 시집에는 '바로'였으나 시인이 고쳤다(『서정주 육필시선』).

견우의 노래

우리들의 사랑을 위하여서는
이별이, 이별이 있어야 하네.

높았다, 낮았다, 출렁이는 물살과
물살 몰아 갔다오는 바람만이 있어야 하네.

오— 우리들의 그리움을 위하여서는
푸른 은핫물이 있어야 하네.

돌아서는 갈 수 없는 오롯한 이 자리에
불타는 홀몸만이 있어야 하네!

직녀여, 여기 번쩍이는 모래밭에
돋아나는 풀싹을 나는 세이고……

허이연 허이연 구름 속에서
그대는 베틀에 북을 놀리게.

눈섭 같은 반달이 중천에 걸리는

칠월 칠석이 돌아오기까지는

검은 암소를 나는 멕이고
직녀여, 그대는 비단을 짜세.

무제

　여기는 어쩌면 지극히 꽝꽝하고 못 견디게 새파란 바윗속일 것이다. 날 선 쟁깃날로도 갈고 갈 수 없는 새파란 새파란 바윗속일 것이다.

　여기는 어쩌면 하눌나라일 것이다. 연한 풀밭에 베쨍이도 우는 서러운 서러운 시굴일 것이다.

　아 여기는 대체 몇만 리이냐. 산과 바다의 몇만 리이냐. 팍팍해서 못 가겠는 몇만 리이냐.

　여기는 어쩌면 꿈이다. 귀비貴妃의 묫등 앞에 막걸릿집도 있는, 어여뿌디어여뿐 꿈이다.

목화

누님
눈물 겨웁습니다.

이, 우물물같이 고이는 푸름 속에
다수굿이 젖어 있는 붉고 흰 목화꽃은,
누님
누님이 피우셨지요?

퉁기면 울릴 듯한 가을의 푸르름엔
바윗돌도 모다 바스라져 내리는데……

저, 마약과 같은 봄을 지내여서
저, 무지無知한 여름을 지내여서
질갱이풀 지슴길을 오르내리며
허리 굽흐리고 피우셨지요?

푸르른 날

눈이 부시게 푸르른 날은
그리운 사람을 그리워하자

저기 저기 저, 가을 꽃자리
초록이 지쳐 단풍 드는데

눈이 나리면 어이 하리야
봄이 또오면 어이 하리야

내가 죽고서 네가 산다면?
네가 죽고서 내가 산다면!

눈이 부시게 푸르른 날은
그리운 사람을 그리워하자

* 편집자주―4연의 부호는『생활문화』(!!),『귀촉도』(!?),『서정주시선』(!!),
『서정주문학전집』(?!) 중에서 마지막 판본을 따랐다.

골목

날이 날마다 드나드는 이 골목.
이른 아침에 홀로 나와서
해 지면 흥얼흥얼 돌아가는 이 골목.

가난하고 외롭고 이즈러진 사람들이
웅크리고 땅 보며 오고 가는 이 골목.

서럽지도 아니한 푸른 하눌이
홑이불처럼 이 골목을 덮어,
하이연 박꽃 지붕에 피고

이 골목은 금시라도 날러갈 듯이
구석구석 쓸쓸함이 물밀듯 사무쳐서,
바람 불면 흔들리는 오막살이뿐이다.

장돌뱅이 팔만이와 복동이의 사는 골목.
내, 늙도록 이 골목을 사랑하고
이 골목에서 살다 가리라.

석굴암 관세음의 노래

그리움으로 여기 섰노라
조수潮水와 같은 그리움으로,

이 싸늘한 돌과 돌 새이
얼크러지는 칡넌출 밑에
푸른 숨결은 내 것이로다.

세월이 아조 나를 못 쓰는 띠끌로서
허공에, 허공에, 돌리기까지는
부풀어오르는 가슴속에 파도와
이 사랑은 내 것이로다.

오고 가는 바람 속에 지새는 나달이여.
땅속에 파묻힌 찬란헌 서라벌,
땅속에 파묻힌 꽃 같은 남녀들이여.

오— 생겨났으면, 생겨났으면
나보단도 더 '나'를 사랑하는 이
천년을 천년을 사랑하는 이

새로 햇볕에 생겨났으면

새로 햇볕에 생겨나와서
어둠 속에 나-ㄹ 가게 했으면

사랑한다고⋯⋯ 사랑한다고⋯⋯
이 한마딧말 님께 아뢰고, 나도
인제는 바다에 돌아갔으면!

허나 나는 여기 섰노라.
앉어 계시는 석가의 곁에
허리에 쬐그만 향낭을 차고

이 싸늘한 바윗속에서
날이 날마닥 들이쉬고 내쉬이는
푸른 숨결은
아, 아직도 내 것이로다.

해방 전 시편 1

—시집 『화사집』 수록분

화사花蛇

사향麝香 박하薄荷의 뒤안길이다.

아름다운 배암……

을마나 크다란 슬픔으로 태여났기에, 저리도 징그라운 몸
뚱아리냐

꽃다님 같다.

너의 할아버지가 이브를 꼬여내든 달변의 혓바닥이

소리 잃은 채 낼룽그리는 붉은 아가리로

푸른 하눌이다. ……물어뜯어라. 원통히 물어뜯어,

달아나거라. 저놈의 대가리!

돌팔매를 쏘면서, 쏘면서, 사향 방촛길 저놈의 뒤를 따르
는 것은

우리 할아버지의 안해가 이브라서 그러는 게 아니라

석유 먹은 듯…… 석유 먹은 듯…… 가쁜 숨결이야

바늘에 꼬여 두를까 부다. 꽃다님보단도 아름다운 빛……

크레오파트라의 피 먹은 양 붉게 타오르는
고은 입설이다…… 스며라! 배암.

우리 순네는 스물 난 색시, 고양이같이 고은 입설…… 스며
라! 배암.

대낮

따서 먹으면 자는 듯이 죽는다는
붉은 꽃밭 새이 길이 있어

핫슈 먹은 듯 취해 나자빠진
능구렝이 같은 등어릿길로,
님은 달아나며 나를 부르고……

강한 향기로 흐르는 코피
두 손에 받으며 나는 쫓느니

밤처럼 고요한 끓는 대낮에
우리 둘이는 왼몸이 달어……

* 핫슈 : 아편의 일종.

문둥이

해와 하늘빛이
문둥이는 서러워

보리밭에 달 뜨면
애기 하나 먹고

꽃처럼 붉은 울음을 밤새 울었다

맥하麥夏

황토 담 너머 돌개울이 타
죄 있을 듯 보리 누른 더위—
날카론 왜낫 시렁 우에 걸어 놓고
오매는 몰래 어디로 갔나

바윗속 산되야지 식 식 어리며
피 흘리고 간 두럭길 두럭길에
붉은 옷 닙은 문둥이가 울어

땅에 누어서 배암 같은 계집은
땀 흘려 땀 흘려
어지러운 나—ㄹ 엎드리었다.

입맞춤

가시내두 가시내두 가시내두 가시내두
콩밭 속으로만 자꾸 달아나고
울타리는 마구 자빠트려 놓고
오라고 오라고 오라고만 그러면

사랑 사랑의 석류꽃 낭기 낭기
하누바람이랑 별이 모다 웃습네요
풋풋한 산노루 떼 언덕마닥 한 마리씩
개구리는 개구리와 머구리는 머구리와

굽이 강물은 서천西天으로 흘러나려……

땅에 긴긴 입맞춤은 오오 몸서리친,
쑥니풀 질근질근 이빨이 히허옇게
짐승스런 웃음은 달더라 달더라 울음같이 달더라.

수대동水帶洞 시

흰 무명옷 갈아입고 난 마음
싸늘한 돌담에 기대어 서면
사뭇 숫스러워지는 생각, 고구려에 사는 듯
아스럼 눈 감었든 내 넋의 시골
별 생겨나듯 돌아오는 사투리.

등잔불 벌써 키여지는데……
오랫동안 나는 잘못 살었구나.
샤알 보오드레―르처럼 섧고 괴로운 서울 여자를
아조 아조 인제는 잊어버려,

선왕산 그늘 수대동 14번지
장수강 뻘밭에 소금 구어 먹든
증조할아버지 적 흙으로 지은 집
오매는 남보단 조개를 잘 줍고
아버지는 등짐 설흔 말 졌느니

여기는 바로 십 년 전 옛날
초록 저고리 입었든 금녀, 꽃각시 비녀 하야 웃든 삼월의 금녀, 나와 둘이 있는 곳.

머잖어 봄은 다시 오리니
금녀 동생을 나는 얻으리
눈섭이 검은 금녀 동생
얻어선 새로 수대동 살리.

바다

귀 기울여도 있는 것은 역시 바다와 나뿐.
밀려왔다 밀려가는 무수한 물결 우에 무수한 밤이 왕래하나
길은 항시 어데나 있고, 길은 결국 아무 데도 없다.

아― 반딧불만 한 등불 하나도 없이
울음에 젖은 얼굴을 온전한 어둠 속에 숨기어 가지고…… 너는,
무언의 해심海心에 홀로 타오르는
한낱 꽃 같은 심장으로 침몰하라.

아― 스스로히 푸르른 정열에 넘쳐
둥그런 하늘을 이고 웅얼거리는 바다, 바다의 깊이 우에
네 구멍 뚫린 피리를 불고…… 청년아.

애비를 잊어버려
에미를 잊어버려
형제와 친척과 동무를 잊어버려,
마지막 네 계집을 잊어버려,

아라스카로 가라 아니 아라비아로 가라 아니 아메리카로 가라

아니 아프리카로 가라 아니 침몰하라. 침몰하라. 침몰하라!

오— 어지러운 심장의 무게 우에 풀잎처럼 흩날리는 머리칼을 달고
이리도 괴로운 나는 어찌 끝끝내 바다에 그득해야 하는가.

눈 떠라. 사랑하는 눈을 떠라…… 청년아,
산 바다의 어느 동서남북으로도
밤과 피에 젖은 국토가 있다.

아라스카로 가라!
아라비아로 가라!
아메리카로 가라!
아프리카로 가라!

정오의 언덕에서

향기로운 산 우에 노루와 적은 사슴같이 있을지니라.─ 아가雅歌

보지 마라 너 눈물 어린 눈으로는……
소란한 홍소哄笑의 정오 천심天心에
다붙은 내 입설의 피묻은 입맞춤과
무한 욕망의 그윽한 이 전율을……

아― 어찌 참을 것이냐!
슬픈 이는 모다 파촉巴蜀으로 갔어도,
윙윙그리는 불벌의 떼를
꿀과 함께 나는 가슴으로 먹었노라.

시악씨야 나는 아름답구나

내 살결은 수피樹皮의 검은빛
황금 태양을 머리에 달고

몰약沒藥 사향麝香의 훈훈한 이 꽃자리
내 숫사슴의 춤추며 뛰어가자

웃음 웃는 짐승, 짐승 속으로.

71

고을나高乙那의 딸

문득 면전에 웃음소리 있기에
취안醉眼을 들어 보니, 거기
오색 산호초에 묻혀 있는 낭자娘子

물에서 나옵니까.

머리카락이라든지 콧구멍이라든지 콧구멍이라든지
바다에 떠 보이면 아름다우렷다.

석벽石壁 야생의 석류꽃 열매 알알
입설이 저…… 잇발이 저……

낭자의 이름을 무에라고 부릅니까.

그늘이기에 손목을 잡었드니
몰라요. 몰라요. 몰라요. 몰라요.

눈이 항만하야 언덕으로 뛰어가며
혼자면 보리누름 노래 불러 사라진다.

봄

　복사꽃 피고, 복사꽃 지고, 뱀이 눈 뜨고, 초록 제비 묻혀
오는 하늬바람 우에 혼령 있는 하눌이여. 피가 잘 돌아……
아무 병도 없으면 가시내야. 슬픈 일 좀 슬픈 일 좀, 있어야
겠다.

서풍부 西風賦

서녘에서 불어오는 바람 속에는
오갈피 상나무와
개가죽 방구와
나의 여자의 열두 발 상무 상무

노루야 암노루야 홰냥노루야
늬 발톱에 상채기와
퉁수 소리와

서서 우는 눈먼 사람
자는 관세음.

서녘에서 불어오는 바람 속에는
한바다의 정신병과
징역 시간과

부활

　내 너를 찾아왔다 수나娜. 너 참 내 앞에 많이 있구나. 내가 혼자서 종로를 걸어가면 사방에서 네가 웃고 오는구나. 새벽닭이 울 때마다 보고 싶었다. 내 부르는 소리 귓가에 들리느냐. 수나, 이게 몇만 시간 만이냐. 그날 꽃상여 산 넘어서 간 다음 내 눈동자 속에는 빈 하눌만 남드니, 매만져 볼 머리카락 하나 머리카락 하나 없드니, 비만 자꾸 오고…… 촛불 밖에 부흥이 우는 돌문을 열고 가면 강물은 또 몇천 린지, 한번 가선 소식 없든 그 어려운 주소에서 너 무슨 무지개로 내려왔느냐. 종로 네거리에 뿌우여니 흩어져서, 뭐라고 조잘대며 햇볕에 오는 애들. 그중에도 열아홉 살쯤 스무 살쯤 되는 애들. 그들의 눈망울 속에, 핏대에, 가슴속에 들어앉어 수나! 수나! 수나! 너 인제 모두 다 내 앞에 오는구나.

* 편집자주―'유나叟娜'(『화사집』)와 '순아'(『서정주시선』)의 판본이 있으나 동리의 『귀촉도』 발사跋辭 및 윤정희의 음향시 『화사집』 녹음 시 미당의 언에 따라 '수나' 를 택했다.

해방 전 시편 2

— 시집 『귀촉도』 수록분

귀촉도歸蜀途

눈물 아롱 아롱
피리 불고 가신 님의 밟으신 길은
진달래 꽃비 오는 서역西域 삼만 리.
흰 옷깃 여며 여며 가옵신 님의
다시 오진 못하는 파촉巴蜀 삼만 리.

신이나 삼어 줄걸 슬픈 사연의
올올이 아로새긴 육날 메투리.
은장도 푸른 날로 이냥 베혀서
부질없는 이 머리털 엮어 드릴걸.

초롱에 불빛, 지친 밤하늘
굽이굽이 은핫물 목이 젖은 새,
차마 아니 솟는 가락 눈이 감겨서
제 피에 취한 새가 귀촉도 운다.
그대 하늘 끝 호을로 가신 님아

* 육날 메투리는 신 중에서는 으뜸인 메투리 중에서도 가장 아름다운 조선의
신발이었느니라. 귀촉도는 항용 우리들이 두견이라고도 하고 솥작새라고도 하고
접동새라고도 하고 자규라고도 하는 새가, 귀촉도…… 귀촉도…… 그런 발음으로
우는 것이라고 지하에 돌아간 우리들의 조상 때부터 들어 온 데서 생긴 말씀이니라.

만주에서

참 이것은 너무 많은 하눌입니다. 내가 달린들 어데를 가겠습니까. 홍포紅布와 같이 미치기는 쉬웁습니다. 몇천 년을, 오— 몇천 년을 혼자서 놀고 온 사람들이겠습니까.

종보단은 차라리 북이 있습니다. 이는 멀리도 안 들리는 어쩔 수도 없는 사치입니까. 마지막 부를 이름이 사실은 없었습니다. 어찌하야 자네는 나 보고, 나는 자네 보고 웃어야 하는 것입니까.

바로 말하면 하르삔 시와 같은 것은 없었습니다. '자네'도 '나'도 그런 것은 없었습니다. 무슨 처음의 복숭아꽃 내음새도 말소리도 병病도 아무껏도 없었습니다.

멈둘레꽃

바보야 하이얀 멈둘레가 피었다.
네 눈섭을 적시우는 용천의 하눌 밑에
히히 바보야 히히 우숩다.

사람들은 모두 다 남사당패와 같이
허리띠에 피가 묻은 고이 안에서
들키면 큰일 나는 숨들을 쉬고

그 어디 보리밭에 자빠졌다가
눈도 코도 상사몽도 다 없어진 후
쐬주[燒酒]와 같이 쐬주와 같이
나도 또한 날아나서 공중에 푸르리라.

소곡小曲

뭐라 하느냐
너무 앞에서
아— 미치게
짙푸른 하늘.

나, 항상 나,
배도 안고파
발돋음 하고
돌이 되는데.

행진곡

잔치는 끝났드라.
마지막 앉어서 국밥들을 마시고,
빨알간 불 사루고,
재를 남기고,

포장을 걷으면 저무는 하눌
일어서서 주인에게 인사를 하자.

결국은 조끔씩 취해 가지고
우리 모두 다 돌아가는 사람들.

목아지여
목아지여
목아지여
목아지여

멀리 서 있는 바닷물에선
난타하여 떨어지는 나의 종소리.

거북이에게

거북이여 느릿느릿 물살을 저어
숨 고르게 조용히 갈고 가거라.
머언 데서 속삭이는 귓속말처럼
물니랑에 내리는 봄의 꽃니풀,
발톱으로 헤치며 갔다 오너라.

오늘도 가슴속엔 불이 일어서
내사 얼굴이 모다 타도다.
기우는 햇살일래 기울어지며
나어린 한 마리의 풀버레같이
말없는 사지만이 떨리는도다.

거북이여.
구름 아래 푸르른 목을 내둘러,
장구를 쳐줄게 둥둥그리는
설장구를 쳐줄게, 거북이여.

먼 산에 보랏빛 은은히 어리이는
나와 나의 형제의 해 질 무렵엔,

그대 쇠먹은 목청이라도

두터운 갑옷 아래 흐르는 피의

오래인 오래인 소리 한마디만 외여라.

꽃

가신 이들의 헐떡이든 숨결로
곱게 곱게 씻기운 꽃이 피었다.

흐트러진 머리털 그냥 그대로,
그 몸짓 그 음성 그냥 그대로,
옛사람의 노래는 여기 있어라.

오— 그 기름 묻은 머릿박 낱낱이 더워
땀 흘리고 간 옛사람들의
노랫소리는 하눌 우에 있어라.

쉬여 가자 벗이여 쉬어서 가자
여기 새로 핀 크낙한 꽃 그늘에
벗이여 우리도 쉬어서 가자

맞나는 샘물마닥 목을 축이며
이끼 낀 바윗돌에 텍을 고이고
자칫하면 다시 못 볼 하눌을 보자.

서정주 시집
서정주시선

1판 1쇄 발행 2018년 10월 21일
1판 3쇄 발행 2025년 1월 3일

지은이 · 서정주
펴낸이 · 주연선

책임편집 · 심하은
표지 디자인 · 오진경 강소이   본문 디자인 · 권예진

마케팅 · 장병수 최수현 김다은 이한솔
관리 · 김두만 유효정 박초희

(주)은행나무
04035 서울특별시 마포구 양화로11길 54
전화 · 02)3143-0651~3 | 팩스 · 02)3143-0654
신고번호 · 제1997-000168호(1997. 12. 12)
www.ehbook.co.kr
ehbook@ehbook.co.kr

ISBN 979-11-88810-34-5 04810
       979-11-88810-31-4 (세트)